KB219992

찌그러져도 괜찮아

✽ 본 만화는 '찌그렁오리' 특유의 말맛을 살리기 위해 원작의 맞춤법과 띄어쓰기를 그대로 따랐음을 밝힙니다.

찌오 지음

북로망스

작가의 말...

사실 찌오(찌그렁 오리)는
단순 합니다

힘들면 울고, 화나면 화내고
기쁘면 웃고..

여러분은 어떠신가요?

이 책이 모든 삶의
정답이나 방향은 아니지만

작게나마 살아가며
마주치게 되는
좋은 가족, 친구가 되길 바랍니다

감사합니다
GOD bless You!

찌그렁오리

찌오 (찌그렁 오리)

생일 7.14

오리

띠오 (떼어진 오리)

찌오 한테서

뽁! 떨어져 나옴

찌둥 (찌그렁 청둥오리)
머리털은 사실
찌오의 깃털이다

1장
그래
나

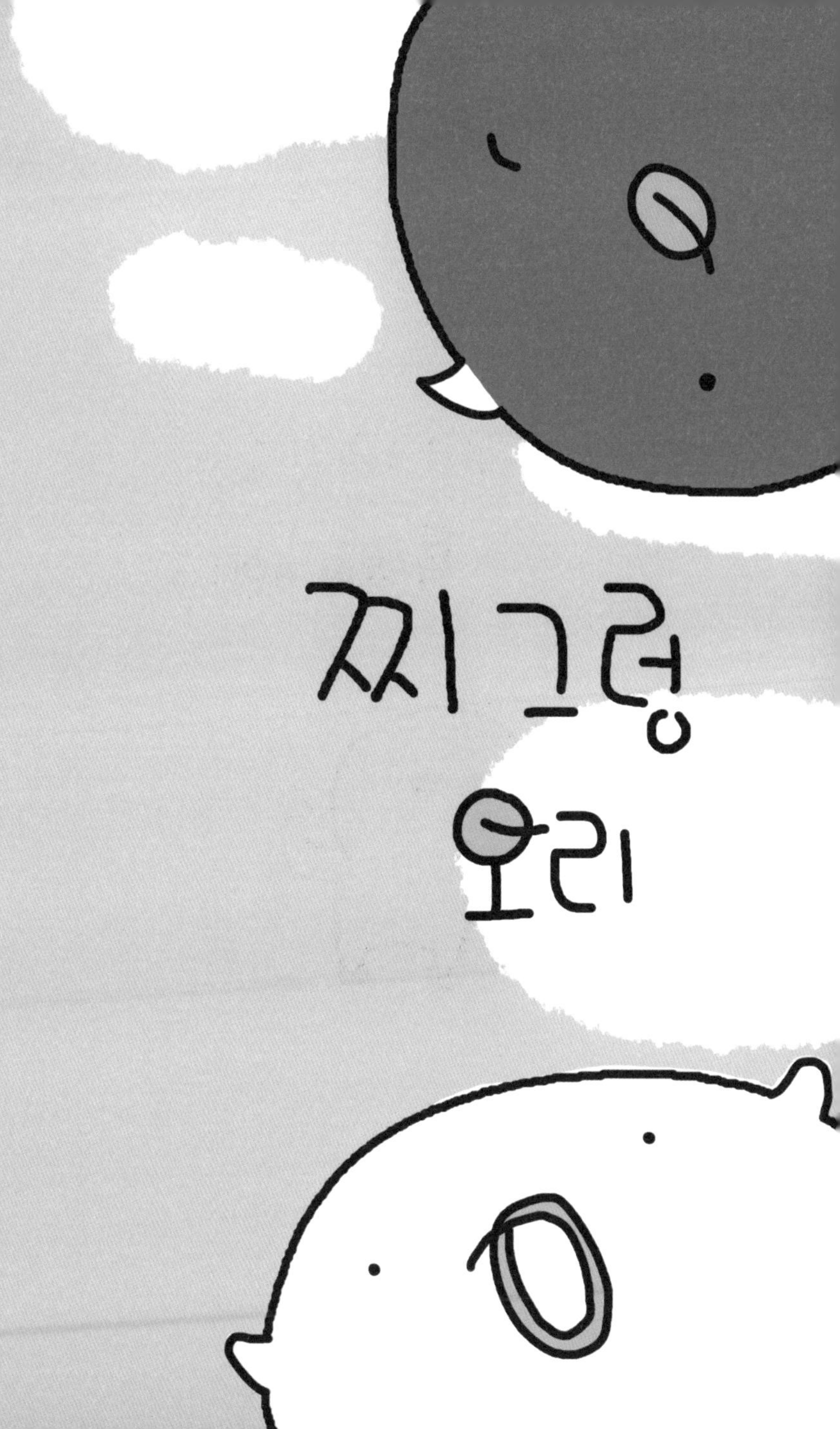
찌그렁
오리

01 하나뿐인 특별함

찌그러짐도
특별한 거야!

반듯한 오리들이
부럽지 않아요
저는 원래 찌그러진걸요
찌그렁 오리!
더 멋지지 않나요?

03 내 부리가 제일 예뻐

나는 내 부리가

제일 예뻐

으아아
거기서!

04
존재의 이유

내 부리가 안튀어나오면
어땠을까?
?
뭐든 쓸모
없는건 없어

다른 오리랑
비교하지 말자

다른 멋진 오리들이
사실은 없는게 있어!
그게 뭐냐면
나 같은 찌그러짐이지!
오케! 맞자나!
반박시 우렁이~
웃..

06 세계 최고 작품

07 난, 나야!

쪼그매져도
나는 나!
찌그러져도
나는 나!

08 완벽하지 않으면 어때

꼭 뭔가 있어야

완벽한건 아니야

우린 원래

완벽하진 않으니까

09 없는 인생

하루 하루
별일없이 살았음에
감사!
나는 나는
생각해보면
행복한 오리라네
걱정과 근심은
끝이 없찌오~

10 어쩌면 흔한 선물

오늘은 어떤 선물이
나에게 올까?

행복발견!

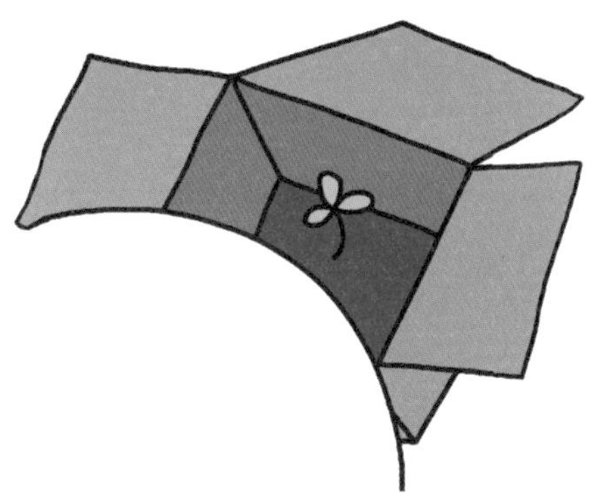

11 더 멋진 것

더
멋진게 있었네

12 충분해

지금도 충분히

괜춘!

별 볼일 있는 삶

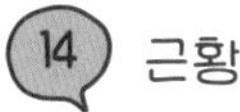

그냥 있음!
잘 지냄!

내 마음이 이끄는 대로

16 완성되는 중!

오늘을 견디느라
수고했어

나는 믿어!
언젠가 멋지게
완성되있을 너를

한걸음씩
천천히

17 그냥 하는 거지 뭐

18 주문

19 괜찮은 하루를 위한 준비물

괜찮은 하루 만들기!

준비물: 치킨, 피자, 햄버거

20 가끔은 숨어!

휴..

21 기대해

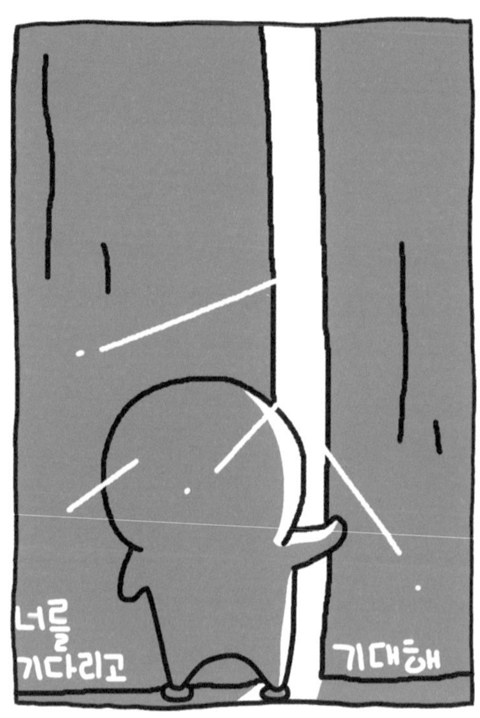

빛은
작은틈만 있어도
우릴 비쳐줘

언제가 되도 괜찮아

밝은 빛이될
너를 기다리고
기대해

22
일없다

일있다

일없다
잡아

23 혼자? 오히려 좋아

이렇게
여유를 즐기는
나란 오리...

24
잘 사는 중

그런거 없어도

잘만 산다네

25 나를 위한 시간

26 찌그러져도 괜찮아

27 이미 정해진 답

28 이유 없이 좋아해

날씨나 다른이유가
아니라 그냥 기분이
좋은걸!

오늘 하루가 좋고
오리라서 좋고
네가있어좋고

다 조아!

29 고백

30 작심삼일의 새로운 기준

31 너무 좋아!

넘어지는 바람에
핫도그를 사버렸지 뭐야

먹고 살자고 하는 일

34 다 해!

하고 싶은거

다 해!

35 점심 차려!

36 수요 있는 공급

37 사랑스러운 존재

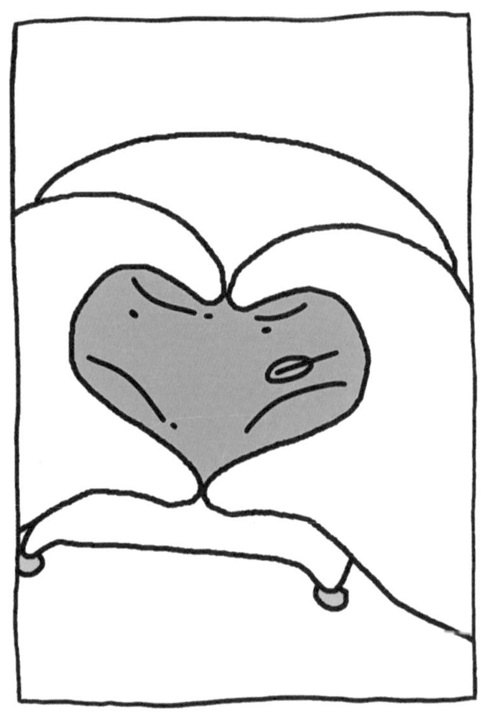

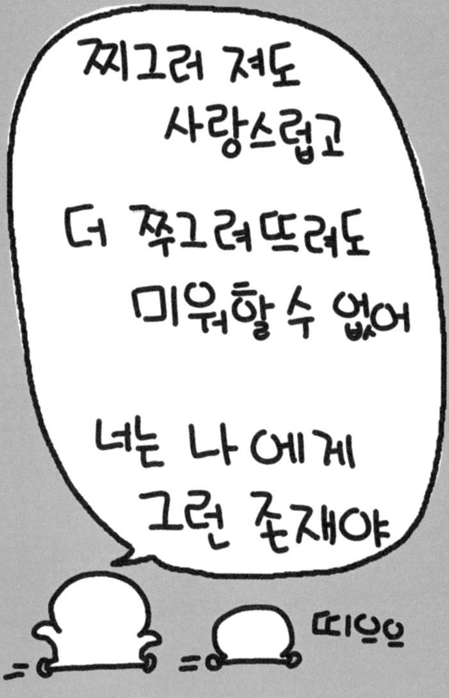

찌그러 져도
사랑스럽고

더 쭈그려뜨려도
미워할 수 없어

너는 나에게
그런 존재야

띠요오

38 뜻밖의 사실

39 그럴듯한 이유

40 우주 최고 완벽 오리

넌 결코 작지않아

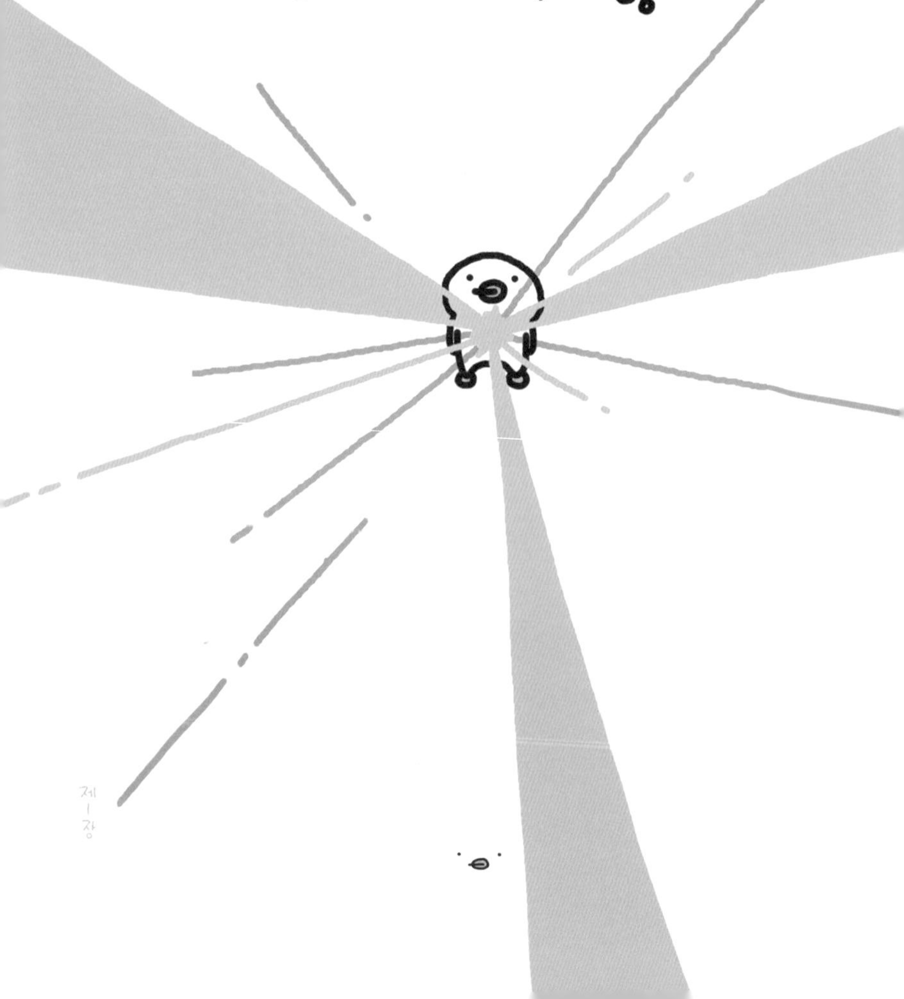

우린모두 최고로 멋지게
만들어 줬다구!

41 나에게 해줄 말

수고했어 내 자신
고마워 내 자신
사랑해 내 자신

남들은 해주지도
어쩌면 관심없는
말

수고 했어 
고마워
사랑해

내가 있어 다행이야

42 한정판

더 커보이는
것들도 있지만

우린 모두
특별헤
한정판
아무도 못
따라헤

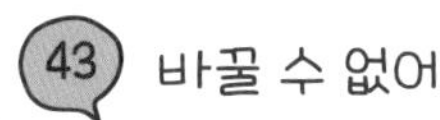

그 어떤것도
너와 바꿀수없어

NO!

44 그려보자 내 마음!

사랑해

2장
내가 잘못했어...

라고
할 줄 알았냐?

01 쪼지 마!

미 : 친

안 : 그래도 손봐줄라 했어

해 : 뜨는거 보고싶음 사과해

03 불장난

04 다 뿌샤

너에게 말해주고 싶어

나는 새로운
화이팅을 찾았어!
다 뿌셔!
날 힘들게 하는
모든것 들을
오늘도 이겨낼거야!
파바박!

05 못 참아!

나 원래 순하고
그랬는데 왜 자꾸
건드는 거임!

나도 더 이상은
못 참아!

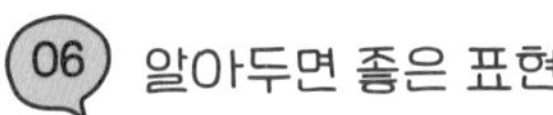
06 알아두면 좋은 표현

너 나 하셈!

남이사~

나잇값 좀..

07 참을 만큼 참았어!

참을만큼 참았음!

돌격—!

08 힘 줘!

난 널 그렇게
약하게 키우지 않았다
일어나!!

누구긴 누구야
내 자신에게
하는 말이지!
힘 줘!
이 정도는 아무것도 아냐
충분히 이겨낼수
있찌오!

09 무시가 답!

10 열받으면 고기 올려

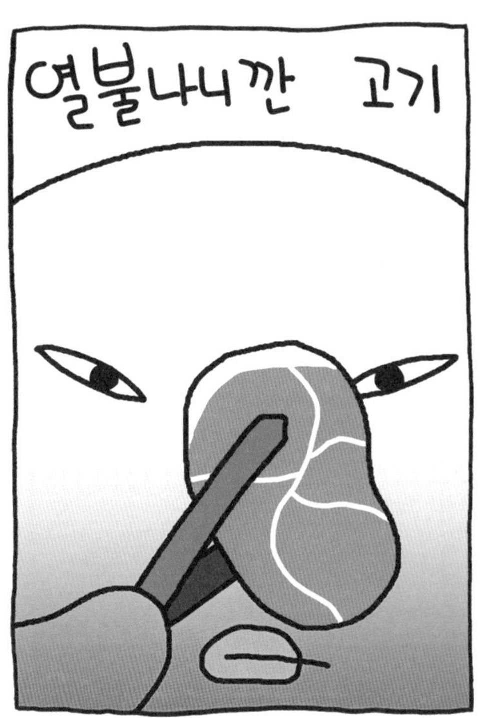

11 마법의 퇴치약

얌전해
질때까지!
촥-
촥-
으아악!

이해하려 하지말자

상대는 비정상이야

있잖아.. 원래
말도 통하는 사람과
하는 거래..
답답하고 화나고
어이없지...
근데 뭐다?
상대는 비정상

13 가라앉히는 법

14 상상에 맡김

그냥 지나갈 수 있...

내가 잘못했어"라고 할 줄 알았냐?

16 살면서 한 번은 쓰게 될 짤

17 라떼 금지

18 화 다스리는 비법

19 빈수레가 요란하다

빈수레가
요란하다!

20 맘마미아!

21 출퇴근길 소원

22 월요일에 나타나는 증상

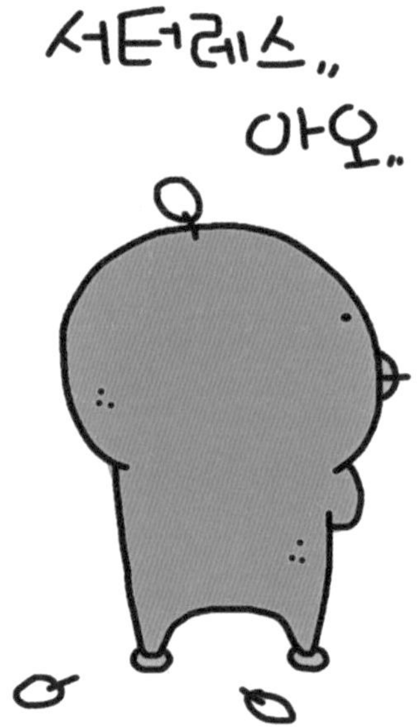

한 귀로 흘리기

24 부러워서 그래

25 말이 안 통해

26 제발 넣어 둬

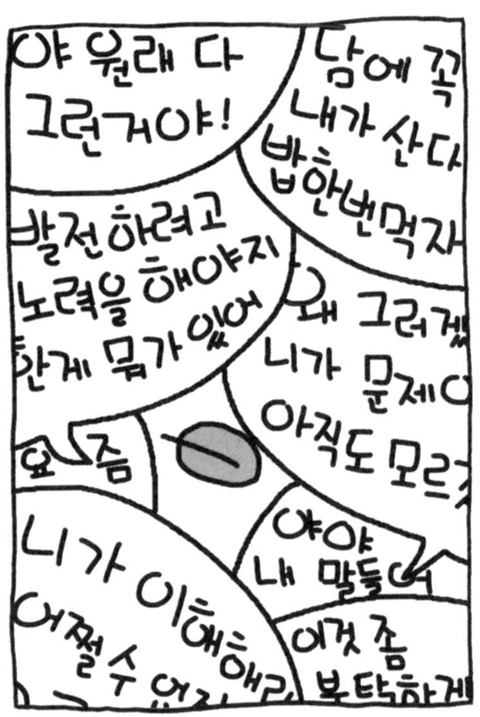
야 원래 다 그런거야!
담에 꼭 내가 산다 밥 한번 먹자
발전하려고 노력을 해야지 한게 뭐가 있어
왜 그러겠 니가 문제 아직도 모르
좀
야야 내 말 들어
니가 이해해 어쩔 수
이것 좀 부탁하게

뭐래..

진짜...

열받고 화난다고
아무것도 안먹고 그럼
나만 손해!
팍팍 먹고
힘을 길러
무찌르자!

27 싫은 이유: 하나부터 열까지

빠르게 화를 없애는 방법

29 아프지 마

아프지마

비워내기

똥도 참으면
변비 됨

너무 오래
담아두지 말자
연습해보자구!

31 마음 닦아내기

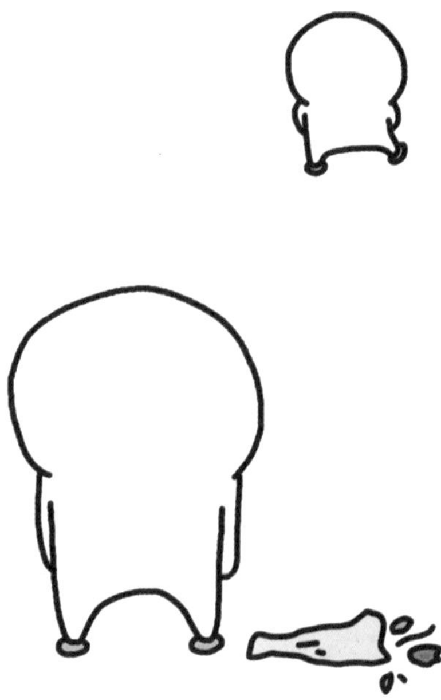

토닥
토닥

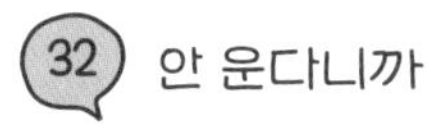

32 안 운다니까

뭐? .. 아이구 ..

정말 힘들었겠다

응.. ? 아니 ..

안우는데.. 훌쩍..

울긴누가..
킁..

33 극복

다 덤벼

야! 또해봐 또해보라고

35 관상은 과학

36 미련 버리기

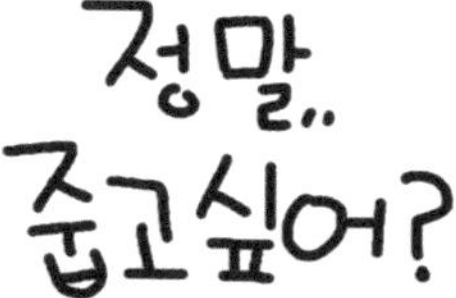

내가 "잘못했어"라고 할 줄 알았냐?

안보일땐
모른다구
미련
후회
실수

37 아!

38 돌고 돌아서 돈

39 다 저리 가

40 분노조절

41 이 또한 지나가리라

이 또한
지나
가리
라

42 후회

43 오늘만 울 거야!

오늘만 울거야..!

오늘 울고
내일은..
또 울수도 있어!

근데 일단은
오늘만 우는걸로

찌흐흑..

44 이거 놔봐!

45 어이 탈출

내가 잘못했어"라고 할 줄 알았냐?

46 부리 봉인!

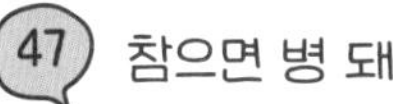

참았더니

병 생김..

내가 잘못했어"라고 할 줄 알았냐?

ㄱ그으응.. 끙.. 끄으으으

끄응.. 끄으응.. 으으응..

끄아아으으으으

끄응으 으으

으으우...

끙.. 끄으으으 끄응.. 끄으응..

으으응.. ㄱ그으응..

(대략 참지말걸 하는 내용)

48 몸을 빨리 만드는 법

입벌려!
용기들어간다!

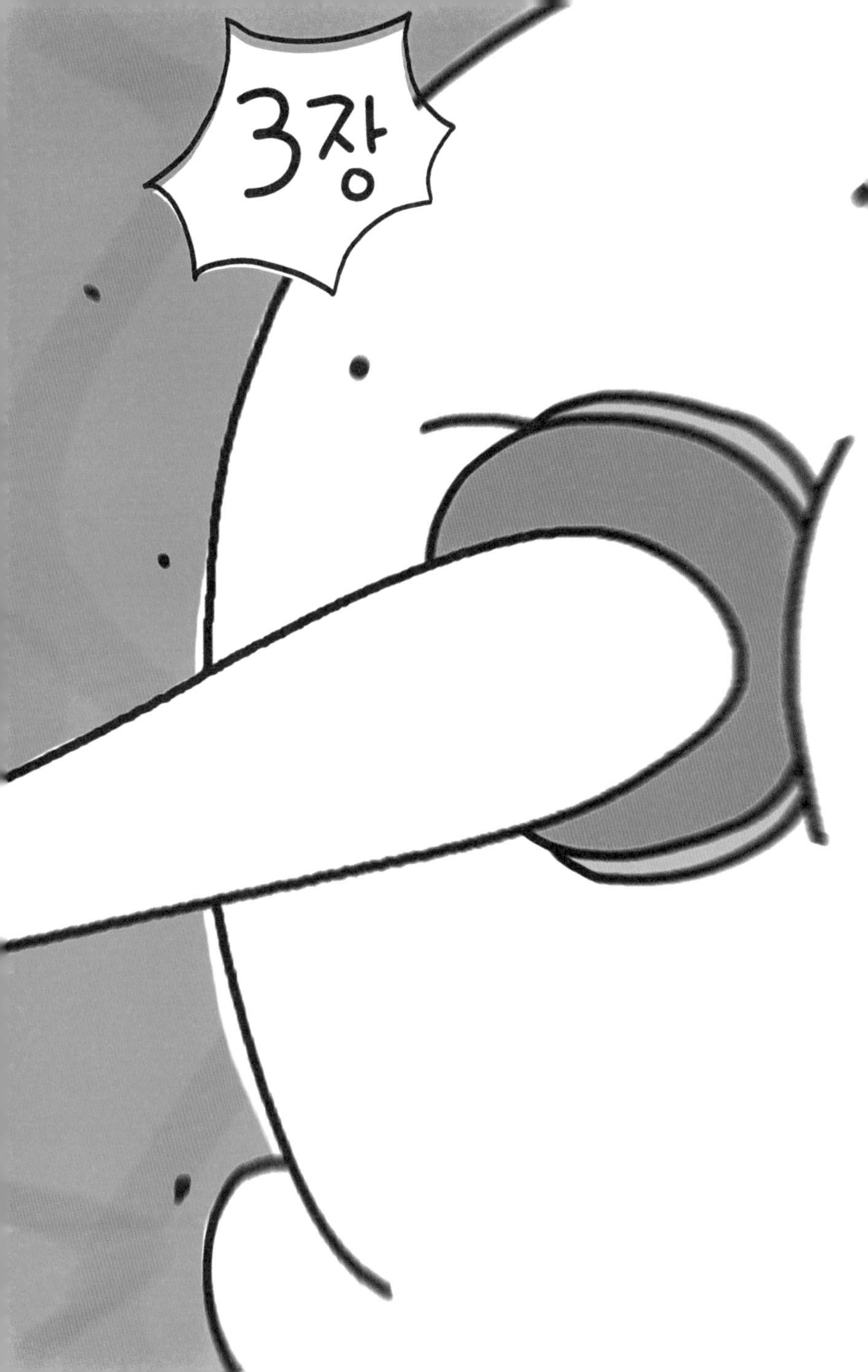
3장

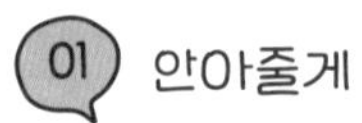
01
안아줄게

이리와~
이쁜거

꼬옥-

꼭 잘해야만 하나?

가끔은
멈춰서기

못 보고 지나갈뻔!

03 내려놓고 가보기

가보자고

어디로든!

분명 좋을거야

그래도 나쁘지 않았어

오는 동안은

힘들기도 했는데

다 지나고

돌아보면

그치? 그거야

05 생각의 전환

뭐지?

오히려 좋아!

06 잠깐만

07 선전포고

너 같은 애들은
대박나서
집도 사고 빌딩도 사고
그냥 막! 행복해져!

알겠냐!

너의 행복은
나의 행복
그런데..
너무 행복해서
나 잊지는 말기
약속!

08 쉽게 나는 법

09 뭐든 다 해보자

으앗! 까먹기 전에
얼른가잣!

10 가보자고

예전에는
그저 두려웠오..
이제는 나
더 용기있는
오리가 되려고!

가만히 있기엔
너무 아깝다구!

11 그런 날도 있지

12 감사한 일

눈떠짐에 감사

13 떠나보내기

안녕

14 혹시... 너?

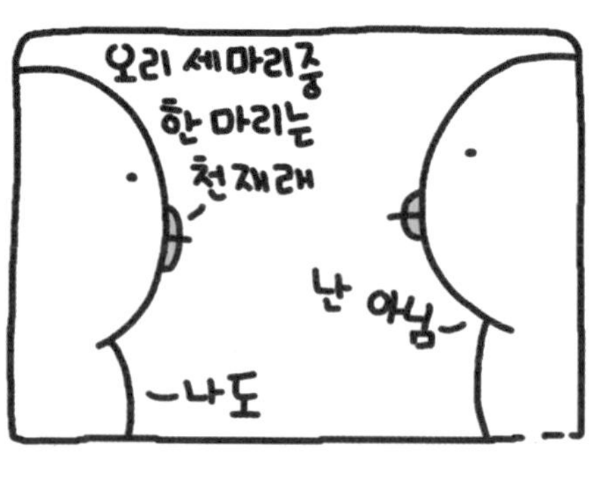

⑮ 엄청나게 클 너에게

16 너는 최고야

17 미래에서 온 편지

저는 미래에서
왔습니다.

당신은 아주
잘 살고있으니
걱정마세요

너같은 걸
누가 사랑하냐니?!
무려
우리 셋이나 있어
나, 띠오, 찌둥!
이 정도만해도
대단하지?

18 절대 잊지 마

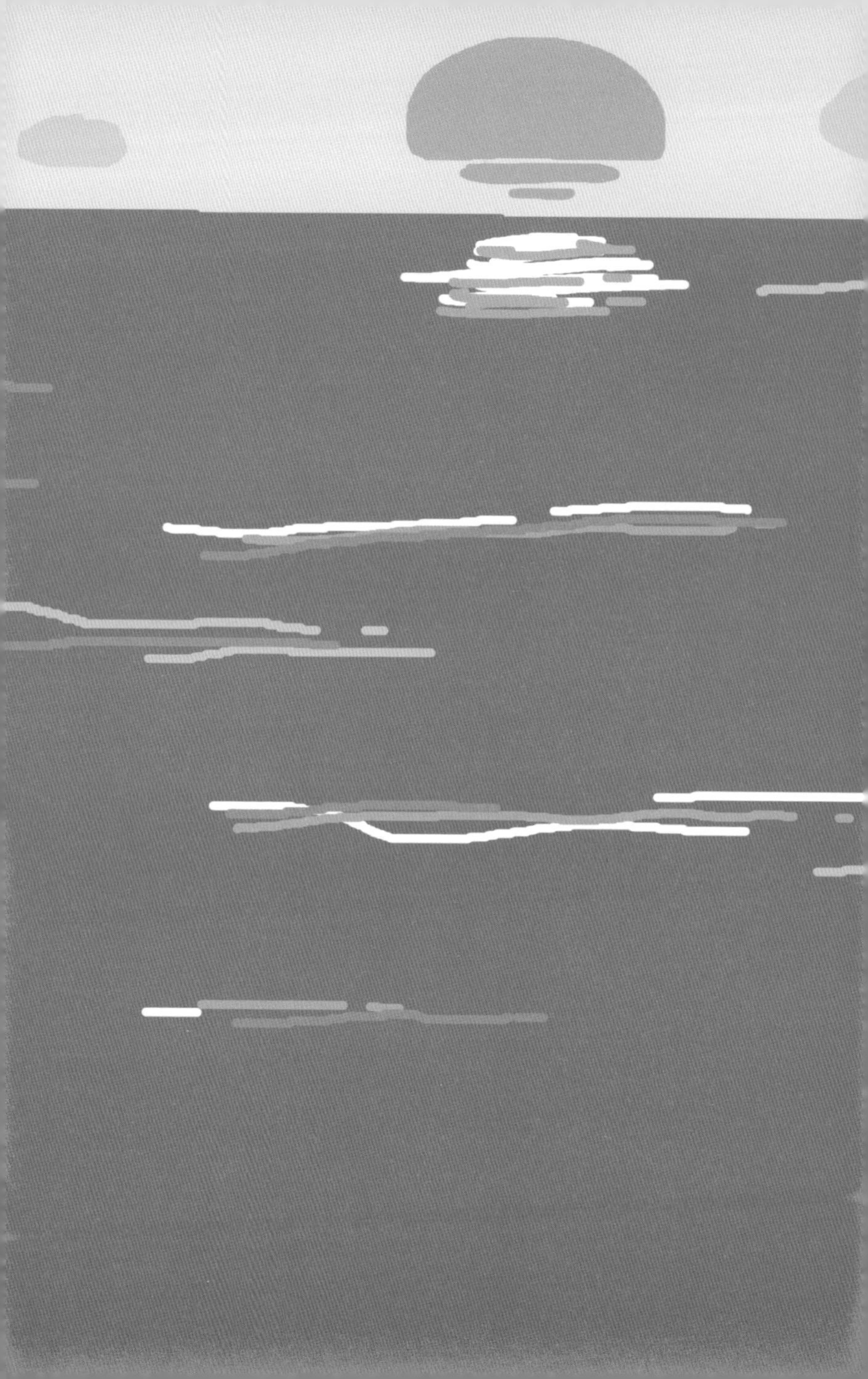

19 그럴 수도 있지!

그럴수도 있지

뭐!

꼬옥-

20 별 거 아니야!

21 나는 짱이다

목소리가 작아!
다시 한 번!
나는 짱이다!
누가 뭐래도
나는 짱이다!
세상에서 작아보여도
나는 짱이다!
아무튼
나는 짱이다!

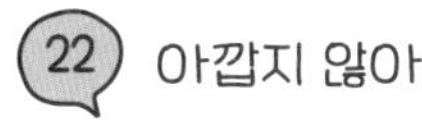

너에게는
아무것도
아깝지 않아

난 너를 포기하지 않아

같이가자

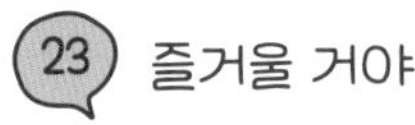

어디로든

즐거울 거야

24 고기 먹자

25 기다림

아무도 뭐라 못하는
온전히 나만을 위한

누구도 간섭할 수 없는

이날 만을 기대하고
기다리고 설레고

찌야호-!

26 하늘을 봐!

27 날기 위해서는

절대 이루어 지지
않는건 없어!
나는 지금도
조금씩 뜨고 있다구
포기하면
그대로지만
날고 있는 나를
보려면 더
퍼덕여야 해!

28 무슨 일이 있어도 나는

29 너의 모든 걸 사랑해

너의 모든 걸
사랑헤

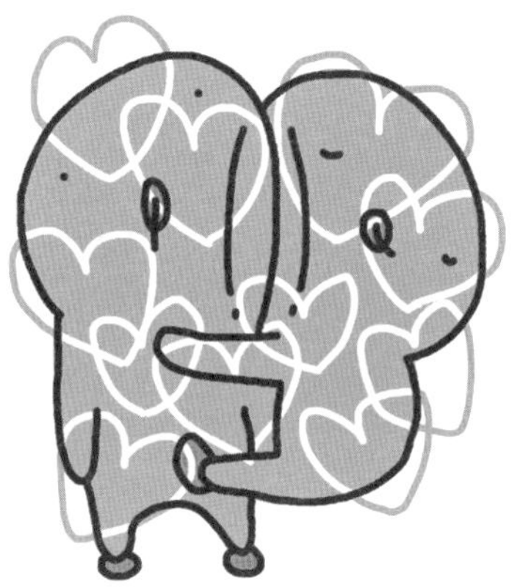

30 오늘이 가면 내일이 와

입 벌려 용기 들어간다

훌쩍..

제
3
장

°_°

32 바람 쐬러 갈래?

뭐해?
바람이라도 쐬러가자

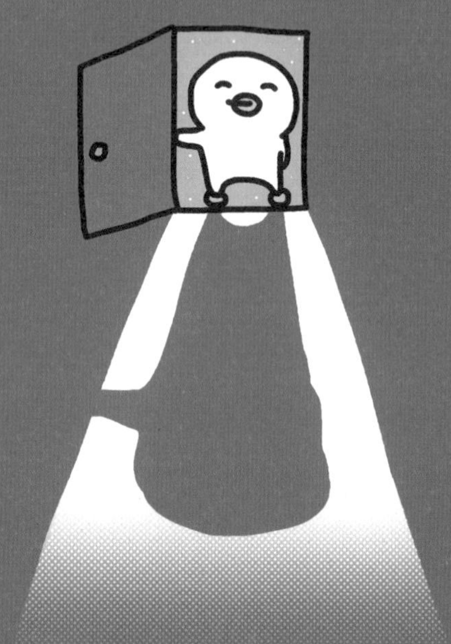

33 생각 비우기

으휴
무거라..

도와주께
떠으어!

35 올라가기 위한 준비

내려가는 건
올라가기 위한준비

보이지 않아도
믿어봐

너를 통해서
놀라운 이야기가
시작될꺼야

36 화이팅 준비

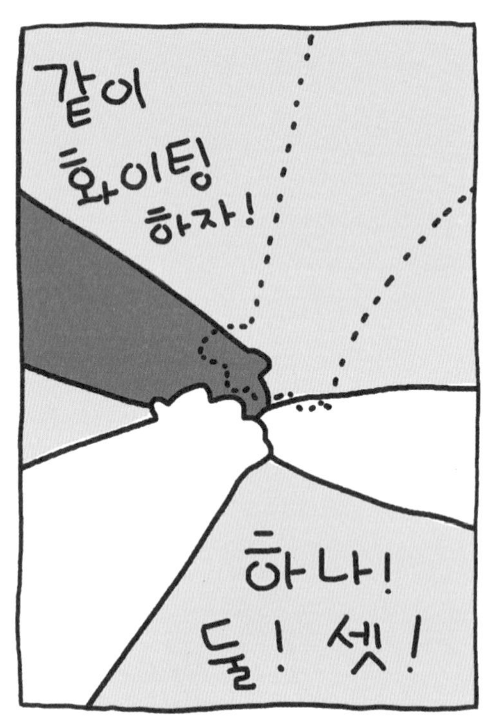

너의 우산이 될게

4장
오늘은

쉽니다

01 마음대로 할 거야

내 맘대로 할래!

02
응애

그치만...
난 아직 응애인걸..

03 내일 걱정 금지

04 헤드셋이 필요한 이유

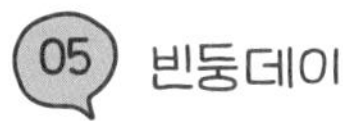

가끔
쉬고싶잖아?

오늘은 빈둥데이

쉴수있을때
쉬자!

그래 맞아
맨날 쉬고싶긴해

그래도
자주보단 가끔이
더 특별하니깐

돈 많은 백수가
되는 날 까지!

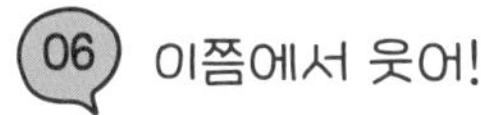

이쯤에서 웃어봅시다

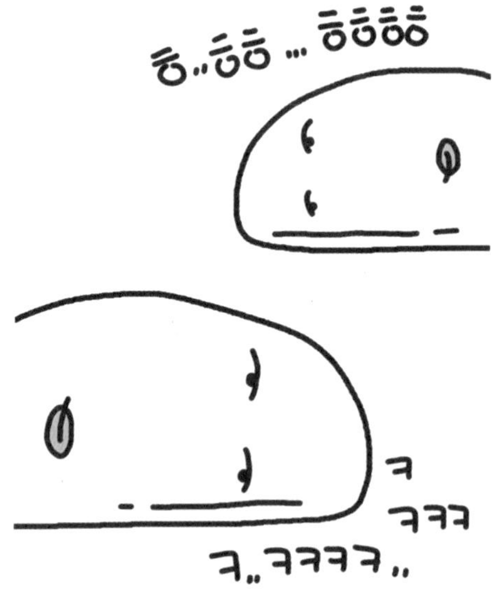
ㅎ,,ㅎㅎ ... ㅎㅎㅎㅎ
ㅋ
ㅋㅋㅋ
ㅋ,,ㅋㅋㅋㅋ,,

07 오늘 할 일

08 다시 눈 감아

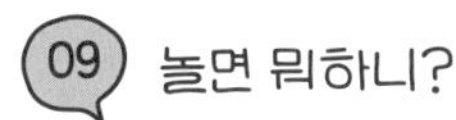
09 놀면 뭐하니?

놀면 뭐해!

재밌겠지~

10 너무 편해서 탈

나는 아무생각이
없다

겁나 편하다

머리가 나쁘면
몸이 고생

머리가 바빠도
몸이 고생

머리가..
문제인가?

11 행복한 상상

게임 찌오그리기

멍때리기 쇼핑

TV 간식 산책

눈 감고
찍은거
하자!

흐흐...

12 안대가 필요한 이유

13 무료 나눔

14 행복 불리기

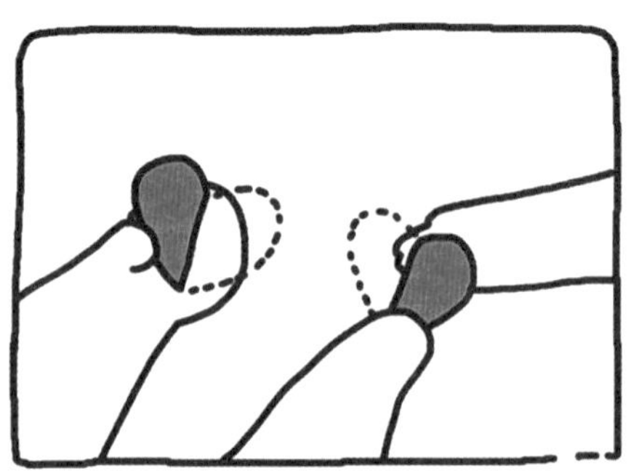

15 행복은 더 가까이

16 발 아래를 보세요!

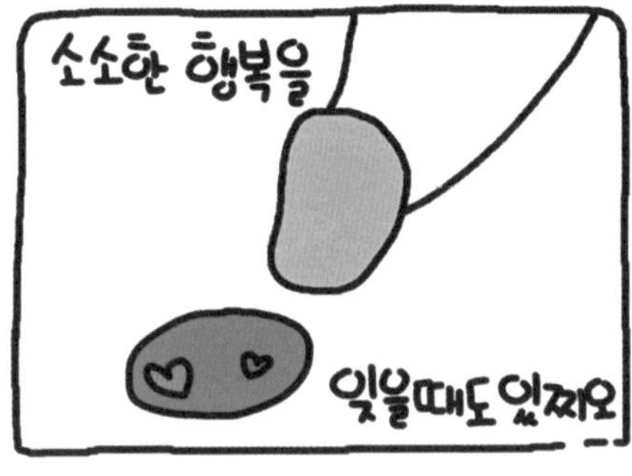

17 하루 일과

아삭 아삭

음 냐..

18 이중생활

19 가볍게

햄볶자!

내가 널 위해
햄을 볶았어!
대단한건 아니어도
분명히
네가 좋아할거야
그럼 난 또
햄볶으러~!

21 쉽게 웃기는 법

22 오늘은 역시 배달?

23 생각 로딩 중

최선을 다하고 있음!

25 충전 중

26 지금 잠이 와?

27 나는 여전해

난 여전히
여전해

너는?

28
셧다운

샤따
내려~!

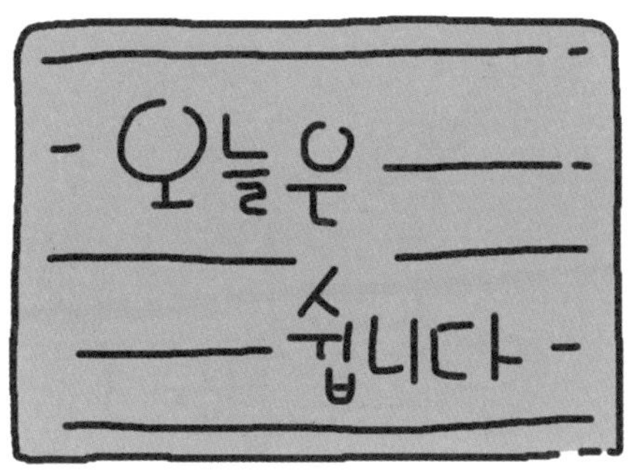
오늘은
쉽니다

29 고생한 나에게 주는 상

30 사소하지만 확실한 치료법

커피 한 잔 사서
공원 한 바퀴

집 가는 길에
김밥 한 줄

작은 일
작은 것
작은 선물

아플때 먹는 약도
작은데 효과가 있는걸

이것도
충분히 널
행복하게 해줄거야

31 따라 하는 페이지

32 올해의 오리

내가 해냄!
경 올해의 오리 축

33 네가 필요하다면!

잠깐 쉬고 있어!

내가 할 수 있는게
대신 달려주는거라면
얼마든지!

나 잘 달리냐고..?
아니!

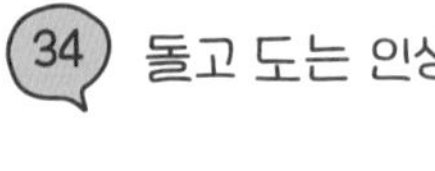
34
돌고 도는 인생

돌고돌아
가장 멋진
유행인 나로

35 이곳이 천국

36 그냥 있어도 돼

잊지마! 항상
네 곁에 있을게

찌그러져도 괜찮아

초판 1쇄 발행 2023년 5월 2일
초판 3쇄 발행 2024년 1월 17일

만화 임임
책임편집 양수진
디자인 박도담
콘텐츠 그룹 정다움 이가람 박서영 전연교 정다솔 문혜진

펴낸이 진승휜
펴낸곳 책읽어주는남자
신고번호 제2021-000003호
이메일 book_romance@naver.com

ISBN 979-11-91891-32-4 (03810)

- 북로망스는 '책읽어주는남자'의 출판브랜드입니다.

- 책값은 뒤표지에 있습니다.